Nota a los p

Bienvenidos a LECTURAS PARA NIÑOS DE VERDAD, una colección de libros diseñados para los niños que comienzan a leer. En el salón de clases, los educadores usan libros cuyo vocabulario y estructura gramatical estimulan el interés y la capacidad de los pequeños lectores. En casa, usted puede utilizar LECTURAS PARA NIÑOS DE VERDAD para desarrollar destrezas y hábitos de lectura en sus hijos con materiales que siguen los mismos principios educativos que los utilizados en las escuelas.

Por supuesto, la mejor forma de fomentar la lectura en los niños es asegurarnos de que sea una actividad placentera. LECTURAS PARA NIÑOS DE VERDAD se encarga de eso. Sus personajes e historias son atractivos e interesantes, y capturan de inmediato la imaginación infantil. El diseño editorial sencillo y las encantadoras fotografías le ofrecen al pequeño lector las pistas que necesita para descifrar el texto. Esta combinación resulta divertida y estimulante para los pequeños, que se verán realmente motivados a la lectura.

La colección LECTURAS PARA NIÑOS DE VERDAD está diseñada en tres niveles distintos que le permiten seguir el desarrollo del niño a su propio paso:

• NIVEL 1 está dirigido a niños y niñas que están comenzando a leer.
• NIVEL 2 está dirigido a niños y niñas que pueden leer con ayuda.
• NIVEL 3 está dirigido a niños y niñas que pueden leer solos.

Los distintos niveles están diseñados en función de un vocabulario controlado. La repetición, rima y sentido del humor ayudan a los niños a desarrollar destrezas de lectura. Debido a que son capaces de comprender las palabras y seguir la historia, los lectores desarrollan seguridad en sí mismos rápidamente. Los niños disfrutan de leer estos libros una y otra vez, incrementando así su dominio y su sensación de logro hasta que están listos para pasar al siguiente nivel. El resultado es una experiencia rica y valiosa que les ayudará a desarrollar un amor a la lectura para toda la vida.

Para Marie Edouard, con gratitud y apreciación
—M. L.

Un agradecimiento especial a Playhut Inc. por proporcionar la tienda de campaña y a Morgenthal Frederics, de la Ciudad de Nueva York, por los anteojos.

Producido por DWAI / Seventeenth Street Productions, Inc.

Traducción al español: copyright © 2008 por Lerner Publishing Group, Inc.
Título original: *My Camp-Out*
Copyright del texto: © 1999 por Lerner Publishing Group, Inc.

La edición en español fue realizada por un equipo de traductores hablantes nativos del español de translations.com, empresa mundial dedicada a la traducción.

ediciones Lerner
Una división de Lerner Publishing Group, Inc.
241 First Avenue North
Minneapolis, MN 55401 EUA

Dirección de Internet: www.lernerbooks.com

Library of Congress Cataloging-in-Publication Data

Leonard, Marcia.
    [My camp-out. Spanish]
    Mi día de campamento / Marcia Leonard ; fotografías por Dorothy Handelman.
       p. cm. — (Lecturas para niños de verdad. Nivel 1)
    Summary: A young girl camps out in her bedroom and is joined by her mother.
    ISBN 978-0-8225-7798-0 (pbk. : alk. paper)
    [1. Camping—Fiction. 2. Mothers and daughters—Fiction. 3. African Americans—Fiction.
    4. Spanish language materials.] I. Handelman, Dorothy, ill. II. Title.
PZ74.3.L3858 2008
[E]—dc22   2007009314

Fabricado en los Estados Unidos de América
1 2 3 4 5 6 – DP – 13 12 11 10 09 08

Mi día de campamento

Marcia Leonard

Fotografías por Dorothy Handelman

ediciones Lerner • Minneapolis

Tengo la tienda,

tengo la lámpara,

tengo la bolsa de dormir.

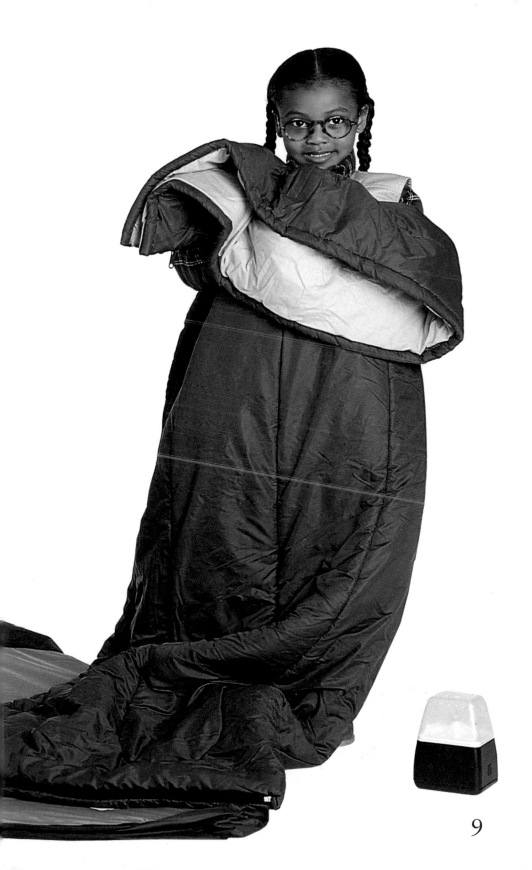

Estoy lista para acampar.

11

Armé la tienda,

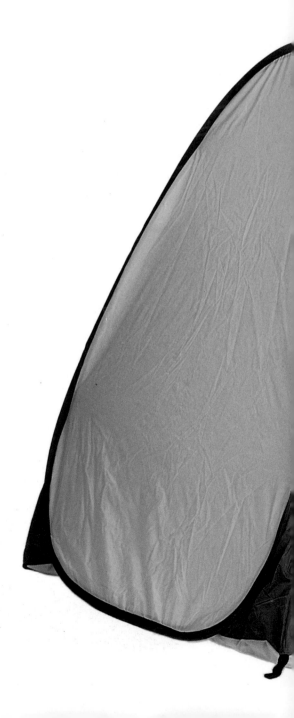

tendí la cama

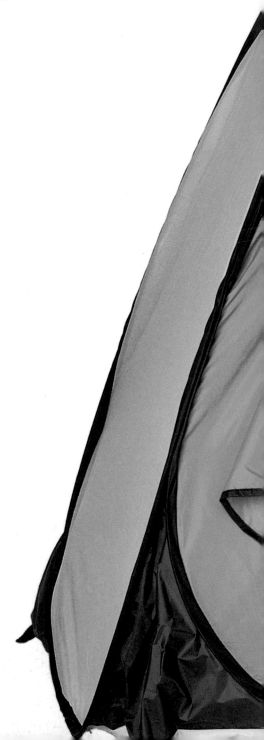

y me metí

16

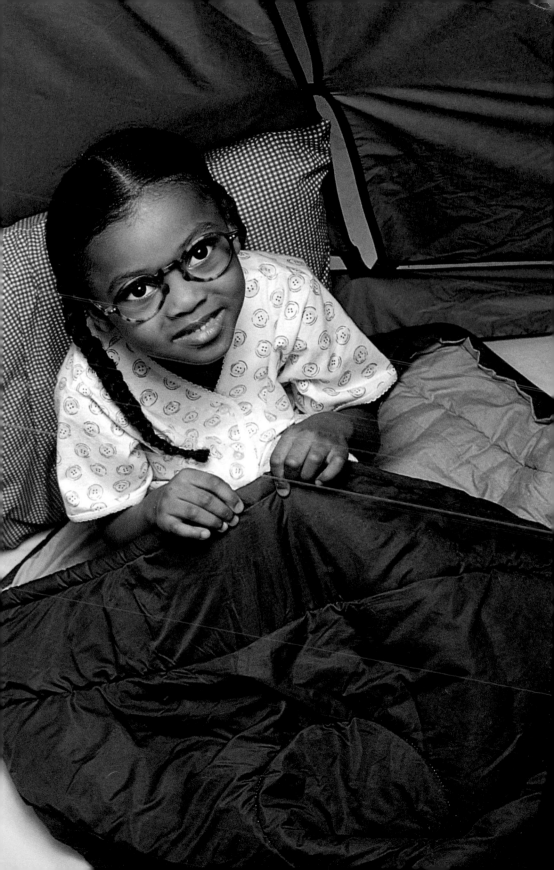

a descansar.

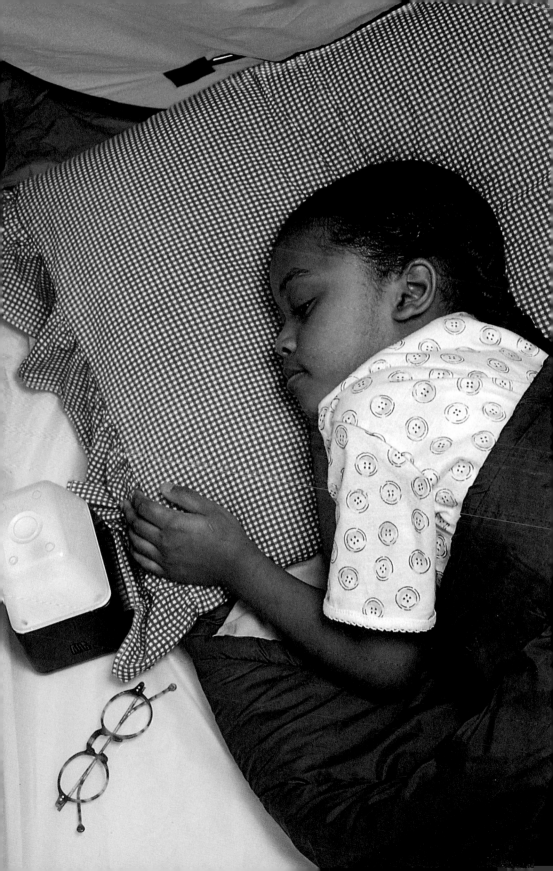

Pero ahora está oscuro.
No veo bien.

¿Qué hay allá afuera?
No lo sé.

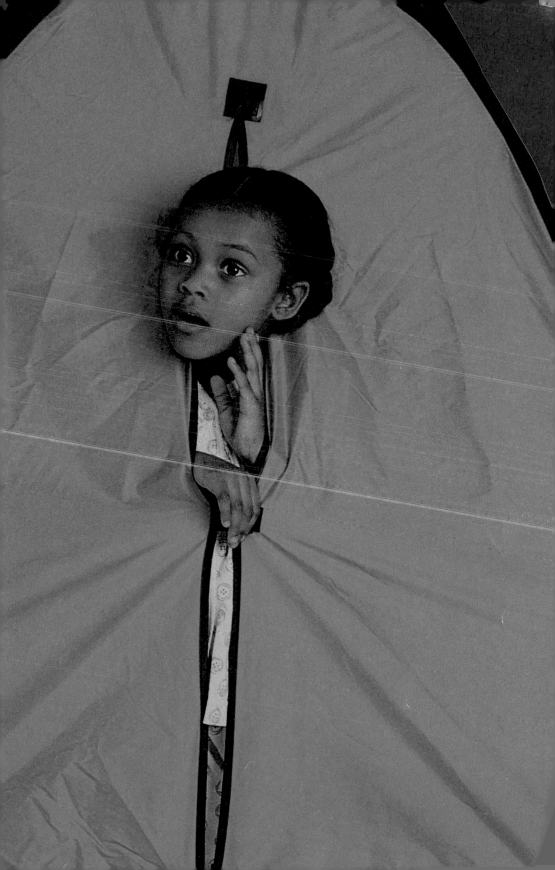

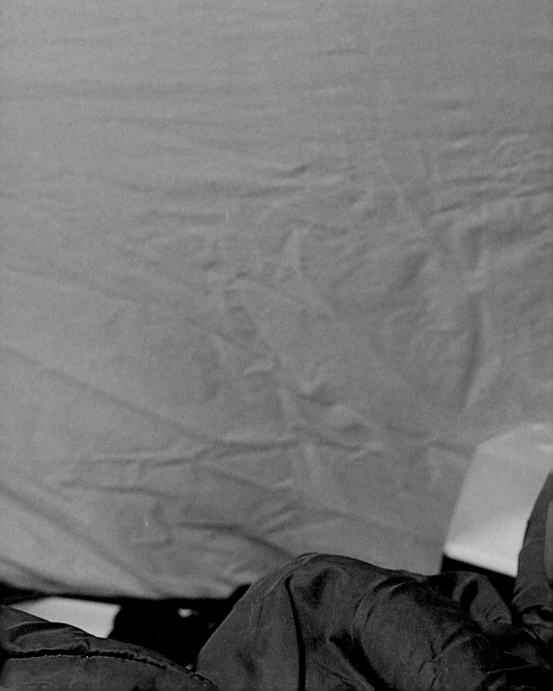

¿Qué será ese ruido?
¿Será un gato?

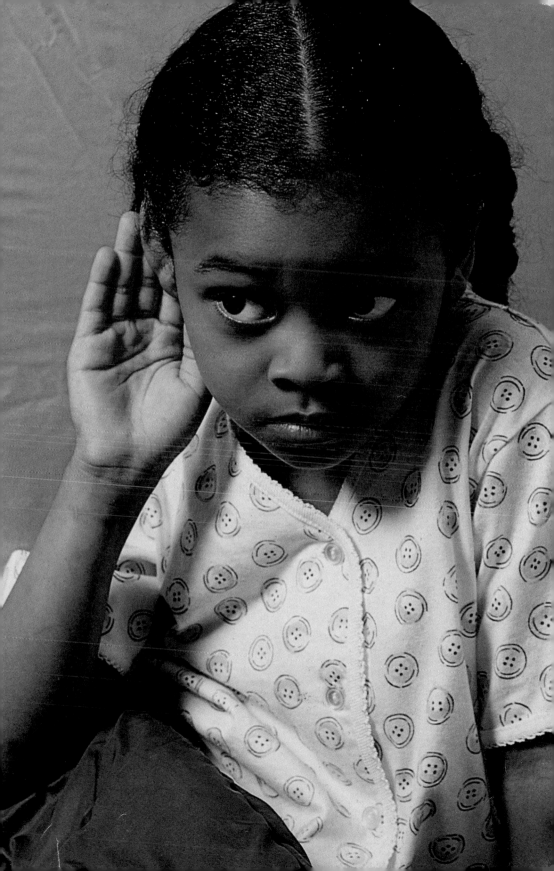

¿Será un grillo,
un murciélago
o un pájaro?

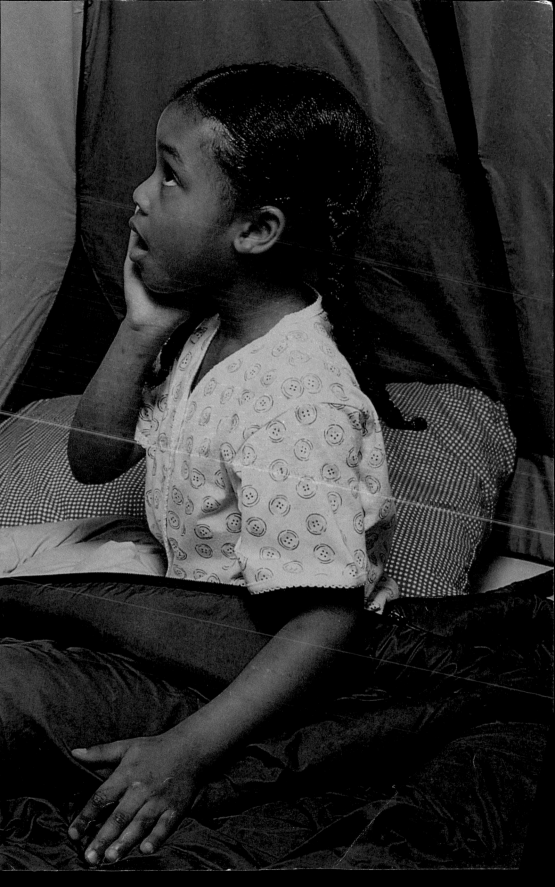

Me asomo otra vez,
¡y es a mamá
a quién veo!

Va a acampar conmigo
¡Qué suerte tengo!